Avec joie !
à Lili, Léo et Lou.

Projet mené en collaboration avec Céline Dugua,
linguiste au Laboratoire ligérien de linguistique (UMR7270)
de l'Université d'Orléans, et avec la participation de la DGLFLF.

Merci à Olivier Baude.

www.lerouergue.com

photogravure : Cédric Cailhol
achevé d'imprimer en juillet 2023 sur les presses de Jelgavas (Lettonie)
isbn : 978-2-8126-2507-7 / dépôt légal : septembre 2023
loi 49-956 du 16 juillet 1949 sur les publications destinées à la jeunesse

Natali Fortier

histoires de Lou

rouergue

Par un beau matin,
Lou découvre un lutin en pleurs dans son jardin.
Aussitôt, elle lui demande pourquoi il est si triste.
Il répond qu'une sorcière l'a privé de tous ses rêves.
Depuis, sa vie n'est que chagrin.

Lou est une p'tite fille qui a une solution à tout,
elle lui chuchote à l'oreille :
– Arrête, Lutin, d'arroser les fleurs avec des larmes !
J'ai une idée pour te faire oublier ton malheur.
Je vais te raconter mes aventures.
Installe-toi, et écoute-moi bien.

Comment faire tournoyer un loup

Toc, toc, toc, toc.
Toc, toc, toc, toc.
J'ai entendu une voix frêle qui m'appelait :
– Lou, Lou, ouvre-moi, je suis une petite mémé qui a froid.

Prudente, j'ai regardé par le trou de la serrure,
et ce n'est pas une mémé que j'ai vue.
Ho non, loin de là ! Mais un loup poilu aux dents pointues.

J'ai ouvert grand la porte, en lui disant :
– Monsieur le Loup velu,
tu n'avais pas besoin de me tromper, voyons !
Tu es bienvenu dans mon salon.
Tu n'as rien à craindre, tout se passera bien.
Je reviens, je vais te préparer un gâteau fait maison.
Après, on causera comme deux vieux copains.
Et je sais bien que lorsque tu me regardes,
c'est un repas à deux pattes que tu crois voir !

Ahuri, le loup s'est laissé glisser sur le canapé fleuri.
C'était bien la première fois qu'un gamin
ne s'enfuyait pas à son approche.
Remis de ses émotions, le loup s'est redressé d'un coup.
Il a hurlé :
– Qu'est-ce qui ne va pas chez toi ?
On ne t'a jamais appris « Gare au loup, surtout ».
Tu es mignonne à croquer,
je ne ferai de toi qu'une bouchée !

Alors, ce loup, je l'ai saisi énergiquement par la queue
et l'ai fait tournoyer dans les airs comme une hélice d'hélicoptère.
– Loup velu, on ne t'a jamais appris
qu'il ne faut jamais se fier aux apparences ?
Je t'avais prévenu de rester sage comme une image.
Je suis ceinture noire de judo et de boxe française.
Va falloir me promettre de ne plus manger que des pêches,
des artichauts, des haricots et des pommes de terre.

Sans hésiter, il a crié :
– Kaîe kaaaaaaîe oooooooooooosecours !
Je ferai tout ce que tu voudras.

Délicatement, j'ai déposé le mammifère par terre.
– Maintenant, faisons la paix en dégustant un bon dessert.

Depuis, le Loup velu poli fait toujours le beau,
mais se tient à carreau.
Tous les dimanches midi, il rend visite à ma mamie.
Jamais il n'oublie de nous apporter une boîte de biscuits.

Le lutin se sent déjà plus rassuré qu’hier.
Le Loup velu et Lou ne feront
qu’une bouchée de la sorcière.

Soudain surgit Oscar, le chien du voisin.
Si quelqu’un cherche la bagarre au lutin,
il sera là pour donner un coup de main.

– Bienvenue à toi, Oscar !
Tenez-vous prêts tous les deux,
je vais maintenant vous raconter
quelque chose d'incroyable.

La course du milliardaire

Un milliardaire du nom de Tralalalère
à l'allure austère et à la coupe militaire
avait fait fortune en vendant
des boules de neige dans le désert.
Depuis, il organisait sur la terre entière
des tournois de choix pour les rois.

Au programme du jour,
une course hippique unique de chevaux de mer.

– C'est mon jour de chance, hurlait Tralalalère.
Au bout de sa main, on pouvait apercevoir un revolver.
Sur la ligne de départ, Bouclette d'or, Hippolyte,
Berthier, Arman, Balthazart et moi, on se tenait prêts.
1, 2, 3, PAN !

– Allez, les hippocampes, faut que ça avance !
Y a pas de vitesse limite !

Tout du long de la piste, une foule de poissons
nous encourageaient en tapant dans leurs nageoires.
Plus vite, plus vite !
Pour cette grande occasion, même l'ermite Bernard
était apparu habillé de son plus beau costard.

Victoire ! C'est Bouclette d'or qui fut la première.
À la ligne d'arrivée, un octopus agitait un bouquet
de magnifiques roses trémières.

Moi, je me suis laissé porter par le courant,
la tête dans les étoiles de mer.

Le pauvre milliardaire était abasourdi !
Il avait tout misé sur son favori, le cavalier Berthier,
qui est arrivé bon dernier.

Tralalalère, le voilà ruiné.
On le voit maintenant en toutes saisons,
l'air étonné, souffler des bulles de savon,
couché sur la ligne d'horizon.

Oh la la la… le pauvre milliardaire !
Mais il n'est pas à plaindre, ça doit être extraordinaire
de passer sa vie à souffler des boules de savon !
réfléchissent les trois nouveaux compères.

Le lutin et Oscar le chien sont pressés
de connaître une autre histoire.
Ils crient à pleins poumons en riant :
– Une histoire… Allez, Lou, raconte-nous !

– Suivez-moi, mes amis.
Cette fois, tout d o u c e m e n t,
t r a n q u i l l e m e n t,
l e n t e m e n t,
très l e n t e m e n t.
Il ne faut surtout pas se dépêcher.

À dos d'escargot

Le jeu consistait à arriver le plus en retard possible
à un rendez-vous très sérieux et important.
J'avais beaucoup de veine,
car mon escargot Jérémy avançait à reculons.
Plus le temps passait, plus Jérémy rajeunissait.

Je ne suis arrivée à mon rendez-vous
qu'une fois la Terre entière explorée à l'envers.
À l'endroit précis de la réunion farfelue,
plus personne en vue, qu'un merle sifflotant
sur un air moqueur.

Le transport avait duré dix ans,
soit environ 87 600 heures, 5 256 000 minutes
et quelques poussières.

Sur le chemin du retour, j'ai pris des détours magnifiques.
Arrivée proche de la maison de mes parents,
il y avait l'escargot Jérémy dans ma poche,
tout petit, infiniment petit, microscopique.

Le lutin, Oscar le chien et Lou
sautillent à reculons
en rêvant d'une jeunesse éternelle.

–Non, mais vous êtes déjà bien assez petits, s'esclaffe Lou.

Les copains,
c'est par ici que cela se passe,
et vaut mieux savoir nager,
si vous voulez plonger
dans cette baignoire...
heu non, dans cette histoire.

1, 2, 3, Plouffff!

Cherche héros

Alfredo l'octopus, artiste peintre reconnu,
avait placardé un gros écriteau sur un rocher.
Il était écrit à l'encre noire :
Besoin de trois héros pour mon prochain tableau.
Cherche hommes athlétiques et vigoureux
avec de beaux muscles noueux,
sachant jouer le rôle de sauveur de l'humanité.

Bien évidemment, j'ai pensé à moi,
j'ai vite enfourché mon esturgeon doré.
Dès qu'Alfredo m'a vue, tout son être s'est illuminé.

– *Mama mia* !
Tu es exactement le modèle que je recherche.
Tes yeux, tes oreilles d'ours, ton rire en cascade
ont plus de puissance que toutes les armes
et les bombes du monde.
Il n'y a pas deux, pas trois héros...
C'est toi, uniquement toi qu'il me faut !
Si, si, le portrait craché de mon héros, tu es !
On est sauvés, *bravissimo* !
Mon tableau sera un chef-d'œuvre, grâce à ton minois.

– Je le savais, c'est bien ce que je me disais,
il y a des jours où on n'a pas le choix.
Il ne faut pas douter de soi, quand il faut y aller, faut y aller !
Je vais poser pour vous, cher Alfredo,
mais il va falloir vous dépêcher !
Je suis un héros très occupé, j'ai tout un monde à savourer.

Le chien Oscar n'a pas tout compris.
Il marmonne :
– Pourquoi donc l'octopus Alfredo
cherche trois zéros pour sauver l'humanité ?

Papi Russe et Olga arrivent tout droit de Sibérie.
Ils ont entendu parler de Lou, une raconteuse heureuse.
Ils noteront ces aventures pour combler
les longues soirées d'hiver de leur famille nombreuse.

Le lutin se demande
pourquoi pas lui.
Il se voit bien en héros,
et nous aussi.

– Tout autant que Papi Russe et Olga,
je souhaite voyager.
Cette histoire-ci,
j'aimerais bien vous la chanter :
LALALALA la la La…

Une polyglotte dégourdie

Je parle ma langue maternelle, j'avoue, elle est bien belle !
Mais comme je veux vagabonder sur la Teeeeeeeeeeeerre,
j'aurais aimé connaître quelques langues étrangères :
celle des grenouilles, des alligators, des renards,
des hirondelles et des coléoptèèèèèèèèèèèèèèèèères...

Je dois au moins savoir aboyer, zinzinuler, glapir,
striduler, gazouiller, miauler, cancaner et barrir,
si je veux me débrouiller et rire dans le monde entier.
J'ai tout mon temps, au moins cent ans.
Vous voulez bien me donner un coup de main ?
En échange, je vous apprendrai de jolis refrains.

Je serai votre cheffe d'orchestre.
Ensemble, on fredonnera des opérettes
et, si tout le monde chante faux... ho, ho !
chouette, ça fera venir la pluie. Hourra !
Grâce à nous, plus de sécheresse.
On dansera tous sous l'averse.
Que dites-vous de ça ? C'est d'accord ?
On commence aujourd'hui, alors ?

Ouaf ! Aou, ahouahou ! Wouf !
Crii crii crii... Coin coin ! Cocorico !
Wuf wuf, wouaf wouaf, wuah, whaf, whouaf...
Clap !
Miaou, maou, hou hou, ouuuuuh...

Oscar le chien veut apprendre à japper
à tous les gens des environs.

OUAH ! OUAH !
WHAF ! WAF !
WHOUAF !

Olga se demande
si gazouiller, ça prend
un ou deux L ?

La réponse est facile.
– Voyons, Olga !
Deux L, sinon l'oiseau
ne pourrait pas s'envoler.

Le lutin s'amuse
à danser sous la pluie.

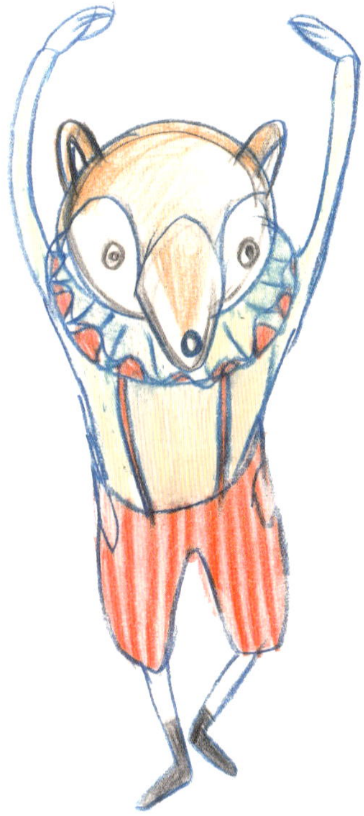

– Ho, ho, j'entends les pas de ma maman.
Je reviens dans un moment.

J'arrive, Maman !

Ma maman

Je pars tous les jours en vacances à la mère.
Les cheveux de Maman font des vagues
lorsqu'elle les déroule tendrement.
C'est le mois doux, du printemps en hiver.
Avant de dormir, ma mère me dit toujours :
– Il ne faut pas oublier de mettre son bateau
sur la tête pour se protéger du sommeil !

Ça m'éclabousse de rire de la tête aux pieds.

Oscar, Papi Russe, Olga et le lutin sont allés se promener aux alentours en attendant le retour de Lou.

Le lutin avait peur
de ne pas arriver à l'heure.

– Les amis, après une pause tendresse,
voici encore une histoire de cœur.
Préparez vos mouchoirs.

L'éléphant et la balançoire

C'était le mois doux,
je regardais pousser les fleurs sauvages
au parc Beau-Rivage,
quand une chouette poulette
m'a invitée à prendre le thé.
Il y avait en sa compagnie
le gros éléphant Fernand
qui se balançait joyeusement
avec Solange,
une jolie alouette.

Fou amoureux d'elle,
Fernand était aux anges.
Il avait l'esprit aussi léger qu'une plume.
Elle, l'oiselle, sortait tout droit d'une peine d'amour,
reniflait comme si elle avait le rhume,
et son cœur était lourd telle une enclume.

Boum ba da boum. BOUM Alalalalalala !

Comme toujours avec les histoires d'un soir,
le ciel a effacé les nuages.
Il y avait deux tourtereaux qui jouaient à la balançoire
au parc Beau-Virage.
– Ce n'est pas celui qu'on croit qui ne fait pas le poids,
cancanait tout bas la poulette rigolote
en sirotant un thé glacé à la bergamote.

Amoureux, Olga et Papi Russe
sont aussi légers
que l'éléphant Fernand.

Le chien Oscar a son propre remède pour guérir
d'une peine d'amour : LES PÂTISSERIES.

Le lutin rigole. Olalalala ! Oui.
Du nougat, du miel,
des éclairs au caramel,
des profiteroles.
Ho, oui, ça console
et la vie se fait plus belle !

– Poussez-vous, les amis !
Oubliez vos bêtises,
plus tard vos gourmandises.
Laissez-moi passer.
On a besoin de nous.
Grouillez-vous !

Les ailes de papillon

Une coléoptère qui avait beaucoup de charisme
haranguait la foule avec ce discours enflammé :

– Cigales, fourmis, sauterelles, gendarmes, moustiques,
coccinelles et autres insectes en tous genres.
Oyez, ohé ! Chers publics.
Écoutez-moi bien, ouvrez les ailes, vrillez vos antennes !
Je vous annonce une grande nouvelle.

Après des années de recherche et de savants calculs,
j'en ai déduit qu'il suffit de nous grouper tous
vers un point bien précis du méridien
pour échapper à la perte de notre précieuse planète.
Grâce à notre poids, la Terre basculera de son axe
et s'éloignera d'au moins un kilomètre du Soleil.

Mon slogan :
Pour notre futur, gardons-nous à la bonne température.
Une solution : s'éloigner de l'astre pour éviter le désastre.

Fantastique !
Cela en sera ainsi fini du réchauffement climatique !
Une longue marche aura lieu le 31 février 2033.
On a besoin de nous, tenez-vous tous par les pattes.
Avançons ensemble, camarades !

Clap-clap, clap-clap, clap-clap, clap-clap, clap-clap.
Clap-clap, clap-clap, clap-clap, clap-clap, clap-clap...

Encore ! Bravissimo ! La foule était en délire.
Hourra ! Il fallait l'annoncer à tous que la Terre
serait sauvée grâce à une coléoptère.
Clap-clap, clap-clap, clap-clap, clap-clap...

Après de vigoureux applaudissements de ses confrères,
l'insecte majestueux se hissa vers moi
et me dit d'une voix solennelle :
– Embarque dans l'aventure, Lou ma belle.
Tu raconteras notre histoire aux humains.
Souviens-toi du cadeau d'anniversaire offert par ta grand-mère.
Des ailes de papillon emballées dans un beau papier de soie.
N'oublie surtout pas de les apporter avec toi.

Tout le monde se prépare déjà pour la grande manifestation.

– Il me vient une autre idée !
Je me dépêche d'aller voir Pinocchio,
pour mettre toutes les chances
de notre côté.

Pinocchio

– Vite, vite, je voulais te dire quelque chose,
avant que je tombe de ta branche, Pinocchio.
Toi qui aimerais te transformer en être de chair et d'os,
je te garantis que tu es aussi bien de sève et d'écorce !
Continue de mentir, continue de grandir à n'en plus finir,
cela nous arrange. Oui ! Dis-moi oui.
Les oiseaux trouveront chez toi un abri
et, pour notre bonheur, aucun chasseur
n'aura l'idée d'y dénicher son gibier.
Regarde, un héron se pose d'ja sur ton long nez.
Quelle chance, tu seras notre hêtre protecteur !
Qu'en penses-tu ?

La marionnette de bois réfléchit un long moment
avant de répondre :
– Je ne veux plus jamais te voir, garnement.
C'est une très mauvaise idée.
Je n'ai pas de cœur et, de ma vie,
je n'ai jamais dit une seule menterie.

C'est ainsi que Pinocchio devint petit à petit,
mensonge après mensonge, une forêt luxuriante et fleurie.

Les amis de Lou espèrent qu'elle ne s'est pas fait mal
en tombant du nez de Pinocchio.

– Ne vous inquiétez pas,
Je me suis accrochée
à une autre branche.
Vous allez voir
ce que vous allez voir !

Le grand saut

Un cacatoès jacassait, en m'observant de son œil rond.
– Qu'attends-tu, l'asticot ? Ce n'est pas si haut !
Le perroquet rouspétait.
– Tête de linotte, si tu veux t'envoler,
faut commencer par sauter.
– Tu veux qu'on te pousse ? gloussa un dindon.

Heureusement, le bon pinson prit la parole.
– Hé ho, attention, changez de ton !
Facile pour vous de voler. Cessez de la houspiller !
Elle, elle est toute déplumée.

– C'est vrai ça, on n'avait pas remarqué,
réalisèrent soudain les volatiles.
– Curieux, tu es un drôle d'oiseau.
Mais tu n'en es point un !
Alors que fabriques-tu ici ? Que veux-tu faire de ta vie ?

J'ai murmuré :
– Mon rêve, c'est d'être rêveuse professionnelle.

Alors, d'un coup, ils m'ont donné leur avis.
– Légère comme tu es, tu vas y arriver sans soucis.
Tu es faite pour ça !

Ils avaient raison.
Leurs encouragements m'ont donné des ailes
et, maintenant, je rêve comme une tourterelle.

Le chien, Olga et Papi Russe rêvent de voler.

Le lutin
rêve de rêver.

– Maintenant,
l’important, c’est de jouer.

La corde à danser

Avec ma coudine Lili, on voulait touer à la corde à danter,
mais pas moyen d'en trouver une dans le magadin d'à côté.
Lili ma coudine elle est futée, plutôt que de retater,
elle a tretté tes longs teveux blonds tendrés.
On a commenté à tauter, d'abord par petits bonds
puis jusqu'à crever le plafond et te cogner au tiel !
Lili, t'est une lumière,
t'est bien timple, t'est elle qui éclaire le toleil !
Te suis très fière de ma coutine Lili !
La teule affaire c'est que depuis cette tournée toyeuse
ze zozote, zut! t'ai un zeveux sur la langue !

Traduction

Avec ma cousine Lili, on voulait jouer à la corde à danser,
pas moyen d'en trouver une dans le magasin d'à côté.
Lili ma cousine, elle est futée, plutôt que de ressasser,
elle a tressé ses longs cheveux blond cendré.
On a commencé à sauter, d'abord par petits bonds
puis jusqu'à crever le plafond et se cogner au ciel !
Lili, c'est une lumière,
c'est bien simple, c'est elle qui éclaire le soleil !
Je suis très fière de ma cousine Lili !
La seule affaire, c'est que depuis cette journée soyeuse,
je zozote, zut ! j'ai un cheveu sur la langue.

Il y a Léo l'accordéoniste
qui vient jouer de la musique.
Chanter, danser,
de ça, on en a toujours besoin.
Zouin, zouin !

Ils sont tous d'accord pour jouer encore et encore.
On ne peut pas tous les jours sauver l'humanité.
Faut laisser ça aux grands et prendre tout son temps.
D'ailleurs, à propos de prendre son temps...

L'ours Guy Liguili

L'ours bourru Guy Liguili m'a invitée avec ma voisine
Natali au sommet de la colline.
Il tenait à nous montrer son passe-temps favori.
– Tenez-vous prêtes, ouvrez grand les yeux !
Chut, silence ! qu'il grognait.

Moi je m'attendais à voir une fanfare ou le Tour de France.
Il n'y avait rien d'autre que du vent dans les branches.
L'ours guettait, Natali observait et, moi, j'écoutais.
Tous, on admirait.
Soudain, la nuit tomba à grand fracas.
Patatras ! Boum da boum !
Mon bon ami l'ours grommela :
– Déjà ?
Et il nous expliqua enfin pourquoi on était là.

– Avec cette vue, parfois,
je retrouve du temps perdu sur mon chemin.
Avec vous, c'est malin, il a filé encore plus vite.
Paraît que c'est courant quand on est joyeux,
déclara Guy Liguili, l'ours heureux.
À l'avenir, rendez-vous, ici, sur la colline
au sommet du Bonheur, Lou et Natali,
on regardera pousser les fleurs.
Voir la vie en rose, si on ose,
ça, c'est quelque chose !

Léo l'accordéoniste chante à tue-tête :
Voir la vie en rooooooooooooooose
si l'on oooooooooose
ça c'est quelque choooooooooooose.

Olga et Papi Russe dansent au son de l'accordéon.

Voir la vie en rooooooooooooooose
si l'on ooooooooooose
ça c'est quelque choooooooooooose.

Le lutin chuchote à l'oreille de Lou :
– Grâce à toi, la sorcière n'est qu'un lointain souvenir.
J'ai retrouvé tous mes rêves.
Installe-toi bien.
C'est à mon tour de te raconter mes fabuleuses histoires de lutin.